U0082474

無蜜的蜂群

無蜜的蜂群

尙緯的詩歌無疑是個人生命面臨到困境後，產生的心靈小史，向我們展示「我」之於世界，曝光於公眾的私人化視角。讀《無蜜的蜂群》能感受到詩人對於現世的荒蕪感——他想對人們說些什麼，絮語也好，溝通也罷；這本詩集即是向敗壞世界對話的渡口。

——詩人　曹馭博

我常閱讀宋尙緯臉書貼的聯緜流水帳——生活無數飛羽微塵，竟然可以這麼有觀點，有笑點，有哏。《無蜜的蜂群》，嗡嗡的詩群，卻呈現了尙緯另一個面貌，他在詩中討論愛、痛苦和現實，不只固執，尖銳，還有溫暖，在泥濘中爲所有無蜜少眠的人們，遞來一顆可以立足的石頭。

——作家　楊佳嫻

「不安」一詞是這本詩集的核心。身分、社會、島國的命運，一代懷抱希望的人，抱著水一般搖晃的恐懼活著；已無希望的人，給自己的蜜裝上詩的薄翅。還會有一個更好的地方值得降落嗎？這永遠沒有終點的問題，《無蜜的蜂群》固執地問著、也固執地回答著。

——詩人　楊智傑

推薦序：這個時代需要的詩人

郭哲佑

這幾年暢銷詩集的出現，填補了台灣現代詩長期缺乏大眾文學的遺憾，並且擴大了現代詩可能的讀者基底；雖然外溢的效果並非雨露均霑，但是大體還是提升了大部分詩集的銷量，以及出版社出版詩集的意願。然而，也有不少詩人對此現象感到憂慮，認為詩的大眾化將會削弱其與生俱來的菁英或反叛性格。詩的發展走到當下，一時之間壁壘分明，或者膚淺或者傲慢，這些年我也常常在想，詩，或者文學，需要為世界作些什麼？而這個世界，此時此地，我們需要什麼樣的詩？

作為學院出身，同時擁有網路號召力的詩人，尙緯的反思與實踐，彷彿能給我們一個可能的答案。從《輪迴手札》到《共生》、《鎮痛》，尙緯自言書寫痛感，渡己更為渡他人，脫去繁複沉重的詞藻而成輕盈的傷感小調，以此獲得更多共鳴。但從《比海還深的地方》、《好人》再到這本《無蜜的蜂群》，這樣的自我「耽溺」（或者說，「厭世」）明顯減少，如同尚緯在自序中所言，這本詩集的每一首詩「幾乎都與政治及時事有關」，詩作更多是以抒情為武器，滲入對社會、對時代迷霧的思索與反饋，擴散可能的影響力。

這是怎麼一回事呢？從反饋這個角度來看，這些詩大多以網路為根柢養分，同時也在網路上初次發表，與尚緯勇於發聲的個人評論映照益彰。今日網路已成為我輩生活的另一個世界——作為與現實相對的世界，它不只是一個虛無的擬仿物，而能承載、引領思想，裝卸各種策略行動，同樣瞬息萬變，也同樣有著能翻攪人心的力量。尚緯被封「網紅作家」，自然明白網路的影響力；他的人格魅力渾然天成，卻不把自己封鎖在容易累積藝文粉絲的文青天地裡，而是一再把「他者」的傷痛納入網中，碰觸種種艱難社會議題，同婚、勞工、轉型正義、香港反送中……臉書的時事評論往往累積百千個讚，如果早先寫作累積的影響力是一個位置，一個樞紐，尚緯所作的是藉力使力，重新把讀者賦予他的力量散佈出去。一首詩建立在此，詩人與詩所做的已經不只是「溝通」或「傷痛療癒」；它對世界一往情深，彷彿把身體攤開，任憑自我成為眾人安身說話的憑藉。而當身分帶起言論與作品，同時也帶來了更多的能動性；所謂的「社會詩」，原來先要有厚實讀者面，才能有進一步的「社會」影響力。這是多少懷抱革命理想的詩人難以企及的目標。

詩集名爲《無蜜的蜂群》，從名稱便可見端倪。蜂或蜜在現代詩中並不少見，但首先讓我聯想到的，是許悔之的第一本詩集《陽光蜂房》——蜂房作社會性的象徵，陽光作爲無可抵抗的世界，《陽光蜂房》寫出私我的抑鬱和社會的冰冷無情。而尚緯同樣對世界懷抱深情，卻取徑不同，詩裡的人物一貫是卑微無力甚而猥瑣的，不畏懼敞開弱點，尤其露出流血的傷口，再逼人直視縫線是如何一針一針貫穿。詩裡最常出現的詞之一是「他者」，比如：

你知道自己在燃燒
剩餘的灰燼
剛好能湊齊另一人
你抱著鏡子
以爲鏡子就是自己

你照著他者
他們和你說些什麼
你也如是說
擅長受傷的人
也擅長傷人

——〈停滯〉

「他者」是別人，是世界，同時也是自己，是對人的信仰，哪怕粉身碎骨。我以爲尙緯過往的詩作，都在追求對自我主體的肯定，希冀在時空之流的大垃圾車中，有人看見即將被粉碎的自己，即使他只是微微發出嘆息。而這像是一個無法逆反的連鎖環，釐清並標舉自我後，拋出溝通共鳴的訊號，卻是爲了找到自我與他人相感的部分，又再明白我們都不是孤獨一人，如〈同樣〉寫著：「有時我們擁有的／是同樣的黑暗／同樣的光」，更有甚者，也將發現敵人可能都是我們的分身：

「我們面對的所有敵人

都又老，又窮……」
像最後一場雨
只下在他們身上
——〈卜算〉

這是詩集裡最令我心驚的「社會」詩句。尚緯說不要在無蜜的蜂巢中爭蜜，而我想說，蜜並不完全是向外索得的——蜂蜜的形成還需蜂將花蜜吞入胃中，用自身的消化酶轉換，就像這本詩集裡的詩作，透過一貫的抒情口吻，抒情與寫實已經難以分別。此時此地，或許詩人沒有失去敘事的能力，而是重新找到適合這個時代的敘事聲音，讓主體與他者共振，小我與大我滲融，在面對即將來臨的大時代，我想尚緯已經做好了無畏的準備。

自序：別在無蜜的蜂巢爭蜜

0

雖然整本詩集只有一首寫給阿存的詩，但這本詩集獻給他，謝謝他的陪伴，因爲他我才能走過許多陰翳的低谷。希望我也能夠陪他走過他的陰天與晴天。

1

回過神來，距離我出上一本詩集居然也已經將近兩年了。因爲要整理詩集的關係，我將這兩年間寫的作品全部重新整理了一遍，回顧了一下自己寫了什麼，修正作品中邏輯錯誤的地方，或者更正一些字詞的小瑕疵。一邊整理，一邊也看到了自己在這些年間的改變。

從我開始寫詩到現在開始已經十多年了，這些年間我無論是作品，還是內容，都有了十足的變化。我還記得自己寫的第一首詩〈雖然對現在的我自己來說，那甚至不達到能稱詩的標準〉，也記得第一次發現詩是如何作為一個隱晦的記事載體而存在的喜悅。我記得第一本詩集《輪迴手札》的第一首詩〈駱駝〉，是我第一次參加文學獎得獎的作品，我從我身為學生的角度去討論教育這件事，到我上一本詩集《好人》的最後一首詩〈讓你們說出這些幹話都是我們的問題〉，是利用時事新聞上報過的內容去諷刺時事。

平時我並沒有特別感覺到自己的變化，但將這過程一字攤開後，我突然意識到自己並非完全沒有前進的。我的意思並不是說寫詩的主題從自己變成他人之後事前進或後退，而是我在關心的事物，確實地產生了變化。我記得顏艾琳老師在我第一本詩集的序上寫：「以前的女性得有自己的房間，才代表創作書寫的自我完整性；而現代宅男卻得走出自己的房間，才能接觸腦袋中所想的事物，是否存在、是否一如所想的那樣？」當時的我與現在的我，關切事物的角度與面向，以及認知的程度都已經有了諸多不同。

這些年來我的寫作也有了極大的轉變，我的用字遣詞與寫作布局都與過去的自己不一樣了。也曾有人和我說可惜了，他覺得我能夠更接近藝術的本質，但我卻放棄了。我並不後悔。因爲在這些年中我認知到對我來說，寫詩，或者說寫作，並不是一件全然「藝術」的事情，它包含了社會實踐以及溝通。不是指藝術無法溝通，而是對我來說，藝術的功能性，溝通的面向比實驗、超越更爲重要一點。所以我知道自己可能永遠無緣於崇高的藝術，但我並不後悔。

所有的作品都有自己的任務與目的，寫作者應該要面對自己的作品，究竟想達成的目的是什麼。我在漫長的時間中找到的答案是，我想面對更多的「他者」。我在《共生》中寫要認知到自己的痛苦，在《鎮痛》中寫意識到他者的存在，並且想像他們的痛苦，在《比海還深的地方》寫認識他人的困境，像面對自己的困境，在《好人》寫認知到一件事的多面，並非憑單一面向就判斷對方的「好」或者「不好」。

嚴格說起來，前面五本我都在面對自己。我並不覺得面對自己有什麼不好的。許多人會說，你應該要有大敘事，要談論更大的事物。他們認爲現代作者都寫小情小愛，都無法逃脫「我」的束縛。但「我」就是一，有了一之後，我們才能夠去連結到更多的事物。我們都知道許多時候要解決狀況的先決條件，就是要認清狀況。我們不認識自己，要如何去認識他人。我們無法永遠都將他人的標準當作自己的標準。鏡像理論說人是透過他人來建構自我的形象，形成自我的概念。許多人說他不知道該如何去想像他人的困境與感受，其實最簡單的方式，就是從自己的角度出發。

——如果是我，會怎麼辦呢。

2

我是一個大家口中純正的漢人異性戀肥宅。

我非同志，也並非女性，我非無家者，也並非西藏人，我非原住民，也並非香港人，但我寫了很多跟這些身分議題有關的作品。有的時候覺得很荒謬，像是要談論什麼，爲其說話，就會被質問說：「所以你是同志／女性／無家者／西藏人／原住民／香港人嗎？」我並非這些身分的人，所以我彷彿就不能爲他們說話。

——然而那些傷害他們的人，也都並不擁有這些身分啊？

我們的社會環境要求我們證明自己擁有某些特質，才能爲某些特質的人辯護。傷人者用自己的認知，去覆蓋、侵略、佔領其他人的生活空間，要求他人應該照著他們的意思過活，但其實這一點道理都沒有。因爲那些人傷害他人的時候，也沒有考量過自己有沒有傷害他人的資格。

我其實並不是很喜歡「文學是民眾的武器」這個論調，對我來說這個武器太貧弱了，面對那些不平等的暴力，我們要如何才能透過「文學」去拯救那些受苦的他人？面對那些傷害他人的人，我們要如何透過文學這個武器，去回擊，去告訴他們，沒有人能夠隨意傷害他人。其實我們並沒有辦法。我們談論了這麼多年的文學介入社會，要透過文學去介入現實，介入所有文學創作者關心的事情，但說到底的，文學到底該如何介入？我自己給我自己的答案是：透過溝通與共鳴。

有的時候我會覺得自己在做的，與其說是寫作，不如說更像是心理治療。有一派人對此說法嗤之以鼻，但我認爲每個人都應該對心理治療保持一個更健康、開放的心態。每個人都更應該認知到，心理狀態並非禁忌，而是一個可以用開放的態度去談論的事物。我最開始對這件事有模糊的認知，大概是在《鎮痛》出版時。其實那本詩集許多部份都是我面對自己的產物，但我發現人會因爲某些缺口，而將自己塡補進去。人們誤以爲自己就是那個缺口，缺口一旦被對上了，某些傷口的存在就會顯露出來。

而傷口要知道在哪，才有癒合的可能。

3

整理這本詩集時，我發現整本作品幾乎都與政治及時事有關。也發現我已經極少單純只寫自己的事情了。每一首我都能說出與什麼事情、什麼議題有關。我試著在詩裡走更遠的路，透過途經許多地方，建構我想談論的目標形象。我用自己學習到的、觀察到的方式，將許多概念抽出來，也許變成情詩，也許變成談生活，也許是對話，也許是封信，讓我想談的事物更立體。

我知道許多禁忌之所以是禁忌，是因爲未知與恐懼。所以我試著用更多的方式，去形塑它，讓它越清楚，它就越無害。我們社會許多的狀況，都源自於人們對其的無知，我們越避而不談，它就越恐怖。我們越將視線移開，它就越張牙舞爪，像個恐怖的怪物。

我們所處的時代，已經是個沒有大敘事的時代了，然而大敘事的神話卻還在我們的內心中活著。人在意識中潛藏著的，是整個社會給我們的刻板印象，然而我們從根本上就已經脫離了那個環境，卻還要自己用那種方式活著。我在一次聯合報台積電文學專刊中，和年輕的小說家朋友李璐，以通信的方式對談，上面寫：

我們這一代頻繁地被人說是無病呻吟與情感蒼白，我剛開始接觸寫作時也常常被這樣說，後來我意識到，並不是我們和前輩們相比特別無病呻吟或者是情感蒼白，而是我們面對的世界已經不同了。我們不再像是前輩詩人們那一代一樣，我們不是大敘事裡面的一員，我們並沒有經歷戰亂，也沒有那些流離失所的經驗，我們能做的其實是更私人化的經驗描繪，文學寫作的主要陣地也從大的整體轉移到小的個體事件上，你會發現越來越多人從「我」的角度下手，逐漸勾勒出整個時空背景的氣氛與構成。這種轉變一方面是因爲政治環境不一樣了，另一方面則是我們所面對的難題也不一樣了。

我們這一代是無力的一代，許多事情已經不是靠努力就能夠達成的了，我們工作、生活，我們努力，但許多時候生活會給你一巴掌，告訴你一切努力都是白費的，但你卻不能停止努力，因爲你一停止努力就會被淹沒，一切都會歸零。這是很荒謬的一件事，卻又是這個時代最咄咄逼人的事實。

現代社會的狀況是每個人都太努力了，然而努力的後果，是被那些希望不努力的人操控、傷害。我們這一代的年輕人希望被肯定、希望努力被認可，所以更努力，努力不被社會的印象沖走。努力跟上大家的腳步，努力成爲一個稱職的齒輪。但這件事是這樣的，你越努力，你就離生活越遠。你越善良，你就越容易被他人控制。

我們努力的方向不應該是向那些人證明我們有資格爲他人發聲，也不應該是向那些人證明我們有不接受傷害的資格，而是應該反覆地和他人談論，溝通，讓他人了解到有些事情，是不應該做的。現代社會就是一個巨大的蜂巢，人們是不同的蜂群，在無蜜的地方爭蜜，但我們應該離開這個沒有蜜的蜂巢，找到自己的蜜。其餘的話，就讓我用作品來說。

謝謝大家看到最後。每一次寫自序都覺得好像在拷問自己。

無蜜的蜂群

給針表達意見的權利
給花拒絕的可能
給蜂房獨立的謊
給蜂群豐收的幻覺
給未來用蠟封好的房
給工蜂以死亡
交換生存的機會
給蜂后虛假的權力
給雄蜂暴力的蜃樓
給陰影更多的蜜
給暗處的族類
更多授粉的經驗

給年輕的蜂建造的職責
給年老的蜂互相攻擊的許可
給複眼命運
給蜂群選擇命運的陷阱
給幼蜂以蜜
給蜜安上翅
給翅安上謙讓的語言
給蜂群推卸責任的本能
給蜂巢被摧毀的宿命
他們得到愛
回報的卻是暴力
他們劫掠一空
要蜂群繼續採蜜

封神

雨水緩慢地落下
在神的眼裡
人類和雨
沒有什麼不一樣的地方

石縫中長出了草
我們是石
在我們之間
生出了隱晦的陰影

我知道死亡

也是一種技藝
我們向牆上潑漆
讓漆遮蔽那些原有的事物

長椅生出了刺
世界替我們丈量好
自己內心的樣貌

他認眞生活
努力地上班
生活也認眞地讓班上他
讓齒輪更像一枚齒輪

他質問死亡
爲什麼人必須要死

死亡一句話也不說
人們喋喋不休

有人在冬夜裡
舉起一道水柱
以爲可以驅散窮困
最後聚集起的
全像他們一般
沒有臉孔的人們
貧窮在更陰暗的地方
做更深邃的影子

有些人得以宣布
我們消滅了貧窮
我們全知，全能

爲自己加冕
封自己爲神

二〇一七年十二月六日

有時我們只剩絕望

我知道有些事
是努力也做不到的
——〈睡吧，睡吧〉

我看見你拿著火
將自己點燃
在漆黑的甬道裡
抓著每一個遇到的人
無助地問
是不是所有的不幸
都是自己的報應

我們站在同樣的地方
一無所有
卻又希望自己有些什麼
我知道有些什麼
是努力也做不到的
我們站在大地上
彷如赤裸的動物
沒有什麼可以再被剝奪
但我們仍有生命
我們仍有自己

世界將我們層層地剝開
我們還能再失去什麼
像是自己——

像一株樹，被削到最後
也有一部分是
最柔軟的芯
有人將自己投入火中
有人，像風吹過草原
像更深邃的夜
走進你漆黑的世界裡
有時在絕望中
我們什麼也不剩

有的時候
我們依循痛苦
獲得前往技藝的路徑
在獲得的同時失去
在失去的時候

希望那些失去的
有回來的一天
我們像是野人
喝他人的血
製造自己的血
有時想和命運協商
討回失去的一切
但失去是命運對我的毀滅
毀滅的字根則是
榨取到一滴不剩＊

我們在最荒蕪的草原
什麼都看不見
只有荊棘，以及蟲蟻
那些蟲蟻爬上身體

就像火焰爬上身體
你說你要睡了
要進入夢裡
我也只能希望你睡吧
睡吧，所有痛苦
在夢裡都會找到自己的傷口
而所有傷口
會在夢裡找到自己的出口

二〇一七年十二月十八日

＊「毀滅的字根是榨取到一滴不剩」出自電影《攻敵必救》。

我的快樂是最膚淺的那一種

如果黑夜流進眼睛
我們是否會停下來
感受有些什麼
踩踏在自己身上
如果眼淚停不下來
是否我們做錯了些什麼
如果有音樂從高樓
逐漸往低處流下
在黑暗中，我們是否還能跳
一支陰鬱的舞
在這個遍地陰影

沒有光明的島上

如果我們手上握著燭火
你會保護好那些火
還是用力地將其抹去
如果連夜大雨
你會喊淋雨的人進來躲雨
還是將他們
僅剩的遮蔽物拆除——
像是拆除野蠻一般
用野蠻的方式令其毀壞
我們的文明是這樣的
穿上整潔的衣物
笑著將人推下懸崖
哭著說有人不幸失足身亡

我們總是偏愛最壞的命運
因爲我們只擁有過
那些最壞的可能
如果我們手上有星辰
我也願意將其點亮
放在天上，直到它被人遮蔽
是啊——被遮蔽
像是下雨的夜晚
有一群人橫臥在鐵軌上問你
「生命重要
還是時間重要」
可是我們沒有時間了
我們沒有
可以生活的時間了

你問我快樂是買得到的嗎
我只能說，我的快樂
是最膚淺的那一種
是用財物可以換取的
是用時間可以換得的
我的快樂是那種
沒有志氣的快樂
是那種我還有明天能夠想像
也不恐懼未來的快樂
我離生活又更遠了一點
離生存和死亡又更近了一些

二〇一八年一月十一日

悖論

我知道這些快樂
都是暫時的
但即使會消失我也需要這些快樂

我知道質疑
必然比肯定要容易
即使我
也是如此輕易地就
肯定質疑的輕易

我知道人們
總是只看見自己想看的

那些情與愛
總會被理解爲成熟
那些謊言
都像冬天的風衣
披在身上卻冷
這竟也像一句未竟的謊

我知道不得不的取捨
總會被視爲理智
我知道你們
總是這樣冷冷地看著一切的吧
看著誰留下了什麼
又捨棄掉一些什麼

我們是否能坦承

彼此的不坦承
這些矛盾在於這些虛構
恰恰源於眞實
而這些眞實
都緩緩地從那些
遮掩的陰影中流出

我們是否都成爲了那些
被留下的什麼
知道那些輕易的事物
正輕易地遠離我們而去
以爲他們輕易
卻只是覺得自己艱難

二〇一八年二月六日

將忘

在工作的時候
想起自己還有工作沒做
也想起了一些自己
曾認爲很重要的事情
但我差點都要忘了

我看過最大的暴雨
落下的時候穿過我們
我們像是神的樂器
流出時間與故事
一起流進大海

我聽過最美的音樂
它將我們的命運串在一起
我的故事和你的故事
就成爲了歷史
我們曾有過那樣的命運
在沙灘上，在黃昏下
彼此走進彼此的人生

我看過最傷心的故事
是我們明明什麼都記得
卻又什麼都忘記
生活教會我們最重要的事
是我們其實一無所有
我們最快樂的事情

和最傷心的事情
其實是同樣的事

我曾希望自己快樂
但現在已經不重要了
我曾希望自己光明
現在也幾乎快遺忘了
我曾希望自己
能成爲一個善良的人
現在也已經不那麼希望了
我曾希望自己
是個有夢想的人
但我是張被棄置在角落
畫錯的畫紙

我看過那些細小的雨
在落下的時候穿過我們
帶走我們的一部分
一點一點地帶走
每一次都讓我們消失一點
每一次都讓我們忘記一些

我們還是神的樂器
只是那些嘹亮的聲音
變成長遠的低鳴
像是從遠方傳來的雷聲
織起記憶的藤蔓
提醒自己該記得一些什麼

二〇一八年三月三日

迴響

我聽見火的聲音
多餘的枝幹正在燃燒
直到將我燒盡
他們都從遠方前來
到我這裡
我擋住光的通道
沒有誰能走過去
我躺下來
聽到遠方彷彿有水
正在流過來
熄滅那些火焰

有時我們無法怪罪誰
像是那些灰燼
隨著水
一點一點地從縫隙流出

我聽見音樂
他們跟著風一起前進
我的世界
像是爆炸一般地喧嘩起來
每個生命都有遊行的權利
他們舉起自己的手
要求自主的權力
我爬起身
看見遠方有雲
雲中有雨

雨中有更多的生命正在遊行

我背著光
看見遠方的黑暗
那些黑暗中也有光嗎
我聽見自己的心跳
以爲自己有心
那些黑暗也有心嗎
沒有心的事物
値得被愛嗎
有些人看著我
替我關上半掩的房門
什麼都沒有說
但什麼都說了

雨越下越大了
我想睡在水裡
等到明天太陽升起後
水會退去
替我關上房門的人
都會離去
你的心會長回來的
我聽見有人這麼告訴我
會長回來的

二〇一八年三月十二日

魚

後來你的話越說越少
你想說與不說
其實是同一件事
每天上班前
你確認時間，確認
今日所有的待辦事項
以爲自己是一尾待宰的魚
想起每天早晨
上班途中看見的魚販
熟練地刮去魚鱗
鱗片四散的時候

你看見某些閃爍的光芒
以為是某些重要的事物
正在一點一點地飛散
頭尾去除後
其實魚看起來也不像魚了

過了這麼久
你也已經習慣了
有沒有夢
其實也是一樣的
你記不起昨夜做了什麼夢
就像你也記不起
曾經做了什麼努力一樣
你以為自己是一條魚
每天早晨

都被按在砧板上
看著路邊經過的人
腦中其實什麼也沒想
人們熟練地刮去你的鱗片
你看著那些經過的人
以爲自己也曾是他們
後來你沒說出的話
都和你一起死去
一起被去頭去尾
成爲自己也認不出的模樣

二〇一八年四月四日

自知

總是這樣
在看著窗外時
有突如其來的預感
知道雨將要落下

我不在乎雨一直下
不在乎讓它
在我的世界裡反覆地來去
偶爾雨會在夜晚
安靜地滲入
靜謐的土壤裡

我們沉默
我們也只能沉默

我知道在某些時候
痛苦是必須的
我知道
在某些脆弱的時候
更需要了解疼痛
像金屬也應明白
什麼程度的疲勞會使自己斷裂

我喜歡夜晚
夜晚沒有其他人
每個人都躲在
自己的夜裡

做些見不得人的事情
我們知道
有些時候沉默也是默契
像四月落下的雨
將我們的對白打斷
埋在雨和雷裡

你感到時間是如此迷人
我們各自都擁有故事
有人在街道上
有人在暗室裡
他們都抱著影子
我們抱著謊言
說自己只剩誠實

二〇一八年四月十二日

同意

你是否同意
所有快樂
皆應受到痛苦的箝制
我們應受到保障
你我二人
皆不應有謊言
與他者，與沉默
與純白的布幔
蓋在我們身上
像是盛大的葬禮

你是否同意
在你們的國種一朵花
用種樹的方式養育他
然後告訴他
他會以什麼樣的方式死去
你以爲這是愛
生死之間一字排開
給他所有燦爛
讓他死於荒蕪

你是否同意
謊言構築世界的眞相
他們教你什麼是愛
卻沒有教你愛的方式
他們不說恨是什麼

只是做著
自己認爲該做的事
你知道這就是恨
它不是愛的反面
它就是愛

你已經同意
一切對你形同虛設
一個人在暗自哭泣
一個人在夜裡洗手
洗手的人以爲自己沒有選擇
哭泣的人以爲自己只能死去
你也許曾是洗手的人
也許也曾是哭泣的人
但一切你都同意

你讓更多人哭泣
也讓更多人死亡
你讓自己成爲憲法
成爲謊言的一部分
成爲世界，在你的國
應許所有一同說謊的人
得到你允諾的奶與蜜

二〇一八年四月十九日

以為那就是愛了

我曾經啊
不知道為何不被愛了
——駱以軍

像是我所記得的一切
都瞬間消失
城市裡只剩下機器
沉默地運作
衰老的模樣與我一樣
走進陰暗的河裡
想像自己是理解愛的

理解那些快樂憂傷
與那些痛苦寂寞

一群人坐在路燈底下
他們安靜
像在迎接死亡
或者等待痛苦的枝枒
他們也曾快樂過吧
有過快樂
才懂得什麼是痛苦
有人愛過你
所以你知道那就是愛了

你看見人們從遠方走來
小心地等待

發生的一切故事
以爲那些細節都屬於你了
你在宇宙裡漂浮
小心翼翼地翻身
將那些錯誤的選項
變成對的結局
彷彿這樣就沒有錯的選擇

我們的時間和我們一樣
會老去也會死去
一切都是很漫長的
卻又像一瞬間
所有故事都是青春的屍體
你以爲自己仍年輕
但我們都不再是被愛著的少年了

有些人傷害你
你便以爲那就是愛了

二〇一八年四月二十九日

分類

他看著自己的雙手
首先將不同的
分開放置
尖銳的放在顯眼處
圓潤的暫且不管
他認爲自己學會了嶄新的分類學
那些明亮的
與陰暗的各站一邊
我聽到窗外的潮聲
將我們淹沒
分不出彼此的模樣

我們是如何
從影子的背後出現的
聲音和聲音之間
我們習得在複數間
找到彼此，並抓緊對方
將銳利的邊緣磨去
你是否同意
我正向你揭示一個偉大的計畫
一個偉大的時代
向更高處前進
即使遠遠看去
也只是漫無目的的遊蕩
我們也許能創造

新的類別
正在我們的掌中誕生
暴雨打落下來
一旁的枝葉低垂
我們在最痛苦的時候相遇
談起彼此的往事
那些歷史在另一人的心中
迅速地被分類
到嶄新的世界
作爲嶄新的故事而活著

二〇一八年五月十七日

心魔

有些話尚未出口
便被收進口袋
有些話像窗外的風景
被我們看著
像湖泊上瀰漫的霧
以為自己在雲的身體裡
落下就成為雨

我不畏懼謊言
我畏懼的是
那顆心帶著的

如果是利刃我該從何下手
如何消除恐懼
看著自己成爲湖泊
最後成爲沼澤

我知道推開窗的人
是無意的
他想讓我看見更多景色
只是有些時候
美麗的事物看多了
也會發現自己的醜陋
我們四處是路
只是沒有方向
輕撫自己曾見過的名字

將手指停在其上
會知道每一個人
都擁有自己的故事
沒有人願意看見痛苦
埋在看得見的地方
偶爾尋找離心臟較近的處所
例如肋骨的縫隙間住下
「彷彿這樣能離自己更近一點
更了解自己
更方便殺死自己

二〇一八年五月二十一日

爛情詩

你現在都不寫情詩給我了，連爛情詩都沒有。
——阿存，二〇一八年五月二十五日

也曾經想過
將一切都留給自己
例如說過的謊
痛苦、背叛
醜陋的自己
那些過去
也都曾是單純的吧
曾是浪漫的吧

那些浪漫的事
後來都不再想了
生活是蟻
快樂是蜜
我只剩下蜜以外的部分了
那些連我自己
都不想要的部分

沒有人和我說過
傷心的時候可以停下來
所以我不停旋轉
像一顆星
繞著另一顆星
將許多傷口擱置

讓自己變成蟻
搬走生活中剩餘的蜜

沒有人教過我
什麼是愛
是願意和另外一人
分享自己嗎
是願意將一把刀
將刀柄交給對方
刀尖對準自己
也敢毫不猶豫地
向前走上一步嗎

後來我總想
愛是一場豪賭

信任一個他者
也許令我一無所有
但我願意往前再走一步
再走一步
聽你告訴我賭局的結果

二〇一八年五月二十五日

愛己

將散亂的衣物摺疊整齊
和那些雜亂的事物
歸位到應有的位置上
那些令自己後悔的話
我都裝起來了
將它們和生活縫在一起
走得越遠
就越記得那些痛苦

沒有人告訴我
我沒有錯

沒有人和我說過
別爲不存在的錯誤道歉
我在陰影的邊界
看著人們說謊
爲自己沒有的錯誤道歉
爲自己的被傷害道歉
爲自己的痛苦道歉
爲了道歉道歉

是誰和我說過的
要讓自己快樂
然而我們的快樂
時常成爲他人的痛苦
爲了吃玻璃罐裡的糖
摔破罐子，那些玻璃渣子

每一寸銳利都對著我
我吃不到糖
也毀了一切

痛苦的時候
也希望自己所愛
能是快樂的
在黑暗中
也會有明亮的瞬間
告訴自己
天黑天亮都是時間
別再爲他物的陰影負罪
好好愛別人
像你愛自己一樣
好好愛自己

像別人愛你

二〇一八年五月三十日

反論

他用盡力氣
丟棄輕盈的事物
彷彿這樣就只剩苦難
與那些沉重的歷史

彷彿二元論
是世上最完美的理論
你有了痛苦
便只能艱難死去

我彷彿聽到火中
傳來尖銳的笑聲

從塵土而起的歸於塵土
每個人的命運都是命運

你要的
是這樣的事物嗎
一滴水在夜中悄然滴落
最後將石塊擊出居所

你是這囚籠最後的犯人
得意地挺胸
說你將全世界的人
都關進你的監獄裡

我們輕易地將一切劃分等級
我們是一

但一之中也有高低
誰更靠近一誰就更圓滿

你證明自己是人的方式
是試圖證明
另一些人不是人
但你仍無法證明自己是人

氧碳氫氮鈣磷鉀硫鈉氯鎂
與其餘微量元素組成了你
詩沒有語言就不是詩
沒有思想後
你到底是誰

二〇一八年六月十二日

敘事

0

偶爾也有放棄抵抗的時候
卻執著起軟弱
知道自己軟弱的同時
才知道故事已經開始

1

你是否也曾問過自己
如何像一塊石
頑固、不知變通

卻堅不可摧
像一塊石，粗礪
偶有尖銳的邊角
令他人負傷
保全自己易碎的結構

2

也曾歌頌垂危的文明
龐大卻又細微的陰影
粗暴地覆蓋在我們的身上
像是在夜晚
我們只能等待天亮

2.5

有人喜歡這無盡的夜
想替我們換上眼睛

3

你想成爲賭徒
看著眼前的一切
危如累卵
問我哪裡還有蛋
告訴自己
再放一顆
再放一顆
得到一切或者
毀滅一切

4

我等得還不夠久
要等更久一些
等到我的影子
看不見的時候
我醒來
大雪掩埋了一切
我掩埋了一切

5

一切都悄悄地走遠了
那些遠方的雷
身邊的雨

漸漸都到了我感覺不到的地方
快樂是遠的
哀傷也是遠的
我更像一節木頭
在自己的國
雕刻自己的權杖

6

夜深了，萬物都睡了
有些事像是輕音
像是從未出現過一般
卻控制了所有的重音
我聽見水的聲音
知道雨就要下了
雨就要下了

6.5

彷彿住在雨的身體裡
知道自己是軟弱的
包括那些
離去的事物
與新來的人們

7

雨打在我的身上
將我越打越薄
我將那些被打掉的部分
一一撿起
攤在眾人面前

任人撿起
任人丟棄

二〇一八年六月二十一日

相對

我舉起火
知道那使我痛苦
我放下火
使自己減少
更少一些
到無法被點燃的地步

我們對一切真實羞愧
羞於坦承
羞於將自己交給他人
坦然地交出謊言

因爲知道那些是假的
而感到安心

一切仍在燃燒
我們漫長的沉積物
總有燒完的一日
那會是很漫長的一天
你選擇轉身
彷彿這樣
那些將被焚毀的歷史
就不曾存在

你知道不可能的
曾經存在過的
就永遠存在了

你想像自己是水
緩慢地擴散
從高的地方逐漸流下
進入縫隙
進入曾以爲不存在的地方
你在那裡感受到
一切都正在消失

你知道一切都是暫時的
快樂是暫時的
痛苦是暫時的
傷心是暫時的
但痛苦與傷心是冰
快樂卻是火
我寧願痛也要握著火

痛苦太長，快樂太短
萬物都有消失的那刻
只是，時間……

二〇一八年六月二十九日

無明

時間教會我的
只有衰老
我甚至不明白恐懼
如何佔據我
這一切都如此荒謬

我在黑暗中
雨水覆蓋我
我們歌頌時間
成功地老去
誤以爲比他者偉大

我們只是時間的囚犯
活在過去與現在
卻沒有未來
懼於想像經驗外的暴雨

以為那是不存在的
想像一切
都會一如往常
今天的我複製昨天的我
明天的雨和今天的雨
一樣嘈雜

二〇一八年七月一日

自制

當個石頭
更冰冷，更堅硬
沉在水底
看著無數的水
與砂石、藻類
經過我的身邊

我的時間
都是借來的
我得到痛苦
也失去痛苦

失去快樂
也得到快樂

我們總在重複
同樣的歷史
跟著雨水落下
有人和我索要溫柔
從沒擁有過的事物
我要怎麼給呢

我的善良與溫柔
都像是在雕刻塑像
知道自己是顆石頭
冰冷、堅硬
沉在最陰暗的深處

我替自己刻了一匹馬
替他戴上韁繩
要他往我想的方向走

二〇一八年七月三日

選擇

我們沒有更好的選擇了
我知道——
——你不知道
冬夜中因寒冷顫抖的人
有選擇的餘地嗎
我們的文明
是毀滅穿過我們
像水滲入地表
我們在其中泅泳

這些事物——

我是指，這一切存在
眞有其必要嗎
例如認同相對的必然
與絕對的可能
理解愛恨並非反面
而是擁有同身
卻對鏡而照的自己
有著同樣的冷漠

有人偏愛暴力
以爲那是彰顯權力的途徑
他在荒蕪的地裡
撒下乾枯的草籽
有些雨水落下
知道自己其實不該在此

水流遍我們
讓荒煙與蔓草
爬滿我們因暴力而廢棄的樂園

有些人透過傷害
證明自己的愛
因爲愛你，所以要你用心
承受所有的控制
用心是如此純眞
但有人將惡鬼視作神明
將荊棘當作棉絮
要我們仇恨他人
還要假裝憐憫

二〇一八年七月八日

狂迷

他們也知道
這條路走到最後
是沒有最後的
我們點起一隻菸
讓它燒著
風走過我們
他們跟著吟唱，彷彿這樣
就聽懂了風的語言
他們知道這樣下去不行
他們笑著
調笑彼此略顯風騷

六月過了。雨卻沒有過
我們在霧裡
知道自己在他者的血管
給自己一些錯覺
要自己美好
卻忍不住感到卑微

人是這樣的
美好的都容易腐壞
腐敗的事物
卻易於保存
有那麼多，那麼多愛
最後都成爲沼澤
我們是一株一株的樹
最後都成爲枯木

成爲更好的人吧
你們這麼說著
將所有人變成了好人
人總是這樣的
說他是個好人
意指他並不比一隻銳利的剪刀
要來得更爲特別

我更適合做個乾燥的柴禾
不適合當人
我要在這住下
在這看日出日落
在這看鳥
將傷心帶來，將傷心帶走
看著誰種下快樂

誰將憂鬱收割
我們生活，卻沒有生活
我們活著，卻並不活著
夏天就剩下這麼點日子了
狂風暴雨來
我跟著狂風暴雨走
我要你
我不要你（然而你
其實也是我）
我要我盡顯美好
卻從此萎靡不振

二〇一八年七月十一日

遮掩

是突然的直覺
知道有哪裡下起了雪
像突然的閃電
但這裡只剩雨
有種幽微的預感
我必會成爲
那些將被毀棄的事物
那些不再被提起的人
被遺忘者
我們都是這樣的
拿起被雪打濕的樹枝

點起火，煙霧壟罩我們
痛苦使我們看不清彼此

他們必將知曉
那些從未在意的枝節
都成爲一道閃電
矗立在生命中
我們迂迴
以爲一切細節都是預兆
雨落下來
最後成爲湖水
將退路淹沒
你以爲自己沒有選擇了
你以爲這些愛
這些愛無處可去

它們必須死在原地

我在荊棘裡隨意走動
流出陰影
被綁在城牆
看著另一人用腹語術
替我坦白
他說，一切——是的，一切
是如此美好
有音樂從我的身體裡流出
要我跟著舞動
也跟著死亡
有些事物被陰影遮掩
沒有說也不算說謊
——有些美好是源於醜陋

有的時候我撒謊
是希望一切能像謊言一般
就當騙我也好
我希望我一切都好
希望我快樂
希望雨沒有下
希望自己能不在現場
看見某些歷史
希望故事沒有發生
希望謊不被拆穿
希望所有謊言
都比真實更令人傷心
希望那些野獸，例如我——
能夠懂得愛人

能夠懂得有些真實
美在遮掩

二〇一八年七月十五日

有些人是如此有些人並不

我開始厭倦
和所有庸俗的事物
談論庸俗（當我談論
庸俗時，你們所知的
庸俗正從庸俗的大腦
路過，它正提醒著
一切都是庸俗的）
所有庸俗都是廢話
例如任何事物
都有屬於自己的語言
他們應該乾淨

穿透一切境界
——我是指，任何事物
不都是那樣的嗎
在自己的世界
用神的眼睛
維持自己的莊嚴
彷彿這樣就能夠看見
最好的自己（你知道
那是辦不到的）

我們有太多禁忌
神聖、不可
侵犯例如藝術
應保持莊嚴的戲謔的
極度陳舊與高度創新

宛若顯微鏡下
走動的螞蚱，你要知道
所謂的神聖
在於不可重複性
像你們纖細的絨毛
是如此相似卻又各有不同
有些暗流經過我們
水黽們悄悄經過
他們嚴守戒律
將卵產在水面
死去之後，一切
都不再有分別
那些快樂、痛苦
憤怒，以及傲慢
那些迅速又緩慢的信仰

我相信你們已經看見
最壞的人生
例如：重複
有些人試圖指稱
所有的重複都是不可饒恕的
有些人
試圖告訴那些每天
都過著嶄新人生
宛如沒有過去的人們
你們並不值得
我相信你們所坦承的一切
平庸與超凡像是
不同的調料，在我們入口前
它們都是終極的眞理

有些人喜愛教導他人
有些人並不
有些人以爲自己值得一切
有些人並不
有些人愛這樣活著
有些人並不

二〇一八年七月二十二日

停滯

於是你知道
這些是快樂的殘餘
所有的細節
都在你的眼前了
你不置可否
一句話也不說
只是撫摸著自己的指節
讓自己更堅硬
更冰冷
更像物而不像人

你知道自己在燃燒
剩餘的灰燼
剛好能湊齊另一人
你抱著鏡子
以為鏡子就是自己
你照著他者
他們和你說些什麼
你也如是說
擅長受傷的人
也擅長傷人

穿越了漫長的甬道
路中滿是髒污
你怎能指責他者
不愛你的缺點

你也從未愛過他人的缺憾
也沒將誰撿起
仔細擦拭、清洗，並打磨
如玉石般珍惜
只是跟著其他雜物一起
在角落等著被撿起

你還有多少時間
能像個孩子
你還能更像孩子嗎
哭鬧要所有人
都承認你的時間
永遠停在過往
我曾以爲所有努力
都像落雨一般

今日我傾盡所有
明日仍一如昨日
但雨已經下了
只是去了他處

二〇一八年七月二十五日

有些快樂危險但我們偏愛

從雨中看出去
所有記憶都變得稀薄
他記不得自己
何時變得如此銳利
記得自己
也曾是靜物
安靜地看時間流過
雨水洗去了太多事物
例如自己，例如
說過的謊，與愛過的人

後來我們
都不再輕易地信人了
以爲如花般盛開
就會被他人所摘採
本來以爲會更晚一些
但我們死得很快
他說，「有些快樂危險」
是從什麼時候開始的
我們圍繞著篝火坐下
看著人來
看著人走
篝火一直亮著
我們卻一直暗著，沒有亮過

他和我說，他可以

他能夠記得更多
像是點燃遠方的星星
讓它們墜下
以爲這更像是降靈會
我們一起召喚了歷史
我以爲這會更安靜
但一切都超乎想像
蜂群在耳內飛舞
他們留下記號，吹響螺號
所有聲音住進身體
使你懂得恐懼

恐懼更像是水
是流動的，比音樂更快
成爲一片積雨雲

我知道它就要落下
它每天都在落下——
我們可以更像是
一同做了壞事的同夥
每一個人將點燃的菸
捻熄在篝火前
一起坐下
聽彼此的呼吸
我們可以一直是暗的
從未被點亮
恐懼將我們淹沒
我們可以感受
在自己的海底
誰來或者誰去
都帶來一些什麼

留下一些什麼
我們終將了解
一切都屬於自己
包括恐懼
我知道有些快樂危險
但我們偏愛

二〇一八年八月十五日

枯樹

後來的我
說話的慾望少了
需要的水也少了
留在我身上的痕跡
卻越來越明顯了

以爲都已經過去了
每日一般地睡
一般地醒
像是久經使用的器械
偶爾地超時運作

這樣其實也不錯
空無一物的日子裡
沒有什麼能再失去了
有些人預告離去
告訴我做好準備
離去的卻從未回來

以爲日子過得挺好
用他人的過錯塡滿時間
就不用再處理自己
與世界之間也過得還行
偶爾故障
敲打一下也就好了
只是有時以爲好了的事物

卻反覆地壞

想說的話越來越少
知道即使說了
多半也是無用的
我看見葉脈開始枯萎
一株樹徹底老去時
也什麼話都沒有說

二〇一八年九月二十三日

始末

情不知所起，一往而深，生者可以死，死可以生。生而不可與死，死而不可復生者，皆非情之至也。
——明・湯顯祖・〈牡丹亭〉

「我不知始末
但我一往無前」
你告訴我
像在告訴自己
歷史都驚人地相似
每個人都在複製
另一人的死亡

複寫自己的故事
算是抄襲嗎
像天空的一片雲
抄襲了另一片雲

我們將簡單的事物
重組成複雜的事物
像是某些線條與顏料組合
就成爲高尚的藝術
我們的文明
建在危脆的夜色中
你們點起了火
以爲那是文明的象徵
卻焚毀了無盡田野

上帝不會擲骰子＊
我們只能見到
骰子的其中幾面
有些事沒有發生
我們便無法知道結果
例如電話亭中鈴聲響起
你會接起電話嗎，會把他
當成薛丁格對你的考驗嗎
命運是固定的
但我們能在裝箱之前
離開箱子

時間是連貫且延續的
每一件事物都有歷史
我愛惜的一把剪刀

也有豐富的故事
我們不用豐富的故事
就做一株蘆葦
將自己種在岸邊
脆弱，但也堅韌
我們永遠不知眞正的始末
應該落在哪裡
好好地把握自己的片面
成爲一個片面的好人

二〇一八年十月七日

＊「上帝不會擲骰子」為愛因斯坦所說。

同樣

0

我知道
有時我們擁有的
是同樣的黑暗

1

所以你知道
如何做一株健康的植物
陽光、空氣，以及水
快樂的時候抽芽

痛苦的時候萎靡
乾旱時給自己一點雨
但有些雨
比生鏽的鐵水
更讓人無法忍受

2

我記得自己
打開的第一扇門
光從門外透進來
將我的影子
默默清洗了一遍
影子越洗越暗
那些光有多耀眼
我的影子就有多清晰

3

隔壁的人和我借火
說想照照自己
看看自己的陰鬱
是否也能夠被點亮
我將火遞過去
他看著火
我看著他
他成了火
我成了他

4

有些人帶著槍械
告訴你他愛你
他對你按下板機

要你接受他的愛
有些人帶著玫瑰
跟你說他恨你已久
他帶著恨
種下這些玫瑰

4.5

與現實相同
所有黑暗
都只是光的缺席

5

有時候只想躺著
什麼都不想做

躺成雨後的泥土
被誰踩過
就留下他的印子
有時我以爲
那就是永遠了
又一場雨落下
我又是一片泥濘

6

我記得痛苦
是午夜的暴雨
將樹葉打落
泥沙流入湖中
有時一切都被摧毀後
才能理解

我們擁有的一切
都是脆弱的

6.5

統計災害
颱風過後才能做
理解自己的脆弱也是

7

他和我說
想要的玩具
都被搶走了
想買的東西
不是買不起

就是賣完了
想做的事情
都有人做了
想愛的人
也有人愛了
想恨的人
居然也有人恨了
沒見過比自己更沒創意的人
就像森林裡的樹
每株都一樣
一樣的無聊

7.5

我和自己說
還好我是特別的

我是特別矮
又特別醜的那株樹

8

我們的文明
建立在恐懼的影子上
總有人試圖複製
成功的模樣
將你熔成鐵水
打進他的模具裡
成爲他的藏品

9

我們的愛是有分別的嗎

因爲我愛的不是你
就特別卑劣嗎
我應該因爲我的身體
而感到低賤嗎
我應該因爲我的語言
而感到羞恥嗎
我應該因爲你們
而感到痛苦嗎

10

我知道
有時我們擁有的是
同樣的黑暗
同樣的貧脊
同樣的平凡

同樣的痛苦
同樣的傷害
同樣的謊言
同樣的卑劣
同樣的無力
我們是同樣的人
卻擁有不同的命運
我知道那些人
知道我們的相同與不同

我知道
有時我們擁有的
是同樣的黑暗
同樣的光

二〇一八年十月十三日

卜算

一直亮著的屋子
最後都暗了
聽過的故事
最後都成了惡夢
走過的路
最後都成爲絕路
一直記得的事
最後都去哪裡了呢
有時走到最後
才會發現

有些人從未看過
他一直看著的事物

他知道海
以爲最後人都會往海裡去
以爲海是死亡
以爲所有美麗的事物
都會流向海
最後只剩老
以及醜
以及更多的什麼
都能成爲新的賭注
人類的快樂
都只是人類的快樂
人類的自私

卻是決定他者命運
最後的一顆骰子

人都認爲自己是好的
即使那些是壞的也是好的
希望自己是好的
否定自己的壞
說自己是壞的
也希望自己是好的
「我們面對的所有敵人
都又老，又窮……」
像最後一場雨
只下在他們身上
人總以爲
垃圾即使掉入海中

也無損於海的美麗

那些高雅的事物
與低俗的事物
眞有特別的不同嗎
將事物一字排開
標籤是誰貼的
美醜是誰寫的
一切像是占卜
將海水烘乾
凝視著它，彷彿宇宙的奧秘
人生終極的意義
都在那曬出來的鹽
排列出的形狀上
一切沉默，所有聲音都安靜下來

我清楚地看見鹽上
什麼都沒寫
卻還是批了吉凶

二〇一八年十月十九日

烏有

你來，牽起我的手告訴我
我們之間有分別嗎
——〈你來〉

屋外的陽光照進來
他送你的盆栽還在嗎
他給過你的禮物
你都還收著嗎
被日光填滿的部分
我們都看見了
看不見的部分

發生過的一些什麼
都還在影子裡嗎

你喜歡的那個杯子
裡面裝的水已經沒了
都去哪裡了
你不知道，就像
你也不知道
未來的自己會在哪裡
你看著這間屋子
那個角落
曾經空無一物
現在放滿了故事

你以爲將所有事

都當作故事來說
會更好一些
只剩痛苦時
丟掉冗長的細節
重新粉刷牆面
那些細碎的傷
都看不見了
你記得這裡曾有一道傷
是自己造成的
那裡曾有一道痕
是時間令它龜裂的

時間是公平的
不公平的只有他者
十一月，佈滿營火的月份

我曾邀你一同前來
你以爲這裡充滿危險
這裡危險嗎
你以爲知道自己在哪
你以爲未來
是你所能預測的嗎
你有看見雨
平等地落在我們的身上嗎

告訴我，你害怕嗎
你害怕不一樣嗎
如果是這樣
你告訴我，我們
有哪裡不一樣嗎
我們有不同的痛苦嗎

我們的傷心
不是同樣的傷心嗎
你閉上眼，告訴我
我們的愛有哪裡不同嗎
你告訴我，我們難道
有不一樣的血嗎
告訴我，我的手上
難道長滿了荊棘嗎

你在的這個房間
還有其他人嗎
你知道痛苦與成長一般
同樣需要時間
你說神會照著路
你關上門

也關上窗
你曾經擁有的事物
最終都會化爲烏有
你以爲的愛
刷上再多的漆
也仍會腐朽

二〇一八年十月二十三日

結局

也曾失望過沒有一個好的開頭
也知道並非所有故事
都有快樂的結局
那些曾聽過的音樂
變成午夜的雨
那些曾經歷的故事
成爲了你

你知道有些錯誤
並非是刻意造成的
像一株芽自土壤中萌生

也並未想過自己是誰
許多事你最後都明白了
不過已經都是後來了

偶爾希望能有一個好的結尾
誰不希望呢
誰不希望有些快樂的事發生
像氣泡在水中漂浮
像風在你身邊圍繞

也想成爲一個快樂的人
成爲讓人快樂的人
但有時候是這樣的
生命中發生的都是好事
你成爲了一個好人

但最後得到的
卻是最糟的結局

二〇一八年十月三十一日

晴雨

曾以爲是流動的水
最後是無根的木
那些原本痛苦的事物
最後也都成爲
一段輕巧的敘述

時間總會使我們理解的
有些快樂
想起時都只剩灰燼了
那些就是你僅有的
最後的餘裕了

有時想起過去
知道不後悔的方法
是什麼都別做
讓自己成爲歷史的節點
不向前就無須退後
不卻步就不必向前
不變永遠比變要來的安全
雨就只是雨
你也只是你

做個快樂的人吧，你說
但你從不說
自己快不快樂
只說當個開心的人吧

當個有晴也有雨的人吧
總有陰雨的時候
也總有放晴的時刻

二〇一八年十一月八日

蟻群

蟻群爬過木的身軀
水在暗處湧出
你不曉得會在何處
遇見自己的死亡
眼前是熟悉的一切
包括那些
逐漸變得不認識的靜物

有些事物不停變動
音階的起伏
成為你的破綻

乾涸的河床還有一些
略為潮濕的泥土
土壤裡仍有萬物
一一面對死亡
或者為了誰能活下去
做出最後的努力

有些子彈刻意地避開你
他們盡可能地殘忍
盡可能地
使你面對最壞的結局
到處都有陽光的殘骸
到處都有
一股濕濘的霉味
鐵鏽爬滿你的身體

你要不死去
要不帶著鏽活著

蟻群爬過你
他們的目標在更遠的地方
你接納了群蟻
水勢洶湧
你在原地看著他們來去
他們在陽光正好時經過你
有些事變得不一樣了
有些事其實還是一樣的

二〇一八年十一月九日

別說

1

拿走眼睛
使我沉默
拿走故事
使我變得稀薄
拿走影子
使我不復存在

2

他們知道
你是知道的
是誰熄滅火把
讓陰影佔據身體
他們知道一切
只是有時
無知讓我們更懂得說話

3

別怪罪那些暗處
他們提供場所
我們提供罪行

4

習慣痛苦
別習慣受傷
懂得修復破碎的心
別習慣破碎的自己

5

有些人舉起武器
試圖傷害他人
有些人舉起武器
是爲了保護自己
有些人害怕成爲弱者
於是傷害弱者
有些人害怕傷害他人
於是毀滅自己

6

夢見自己成爲山
替溪流分支
爲了走的人成爲路
爲了離去的人
有可以離去的地方

7

想說的話越來越少
想做的事越來越少
我將自己點燃
留下陰暗的火焰

有人告訴我
最偉大的愛是奉獻

最後那些人
都選擇成爲渺小的人

8

有人拿走你的眼
使你沉默
拿走你的嘴
使你善良
拿走你的手
使你不善爭鬥
拿走你的故事
使你消失

9

也有人僞造故事
讓自己成爲傳說

二〇一八年十二月十九日

非想非非想

1

給我以心
令我痛苦
傷我的心
令我記得
給我傷痕
令我在水底
流下眼淚

2

從前有的快樂
都不適合了
從前就有的痛苦
卻一直在著

我飄浮在空中
向熱鬧的地方走去
走得越遠
越空無一物

3

有人舉著火炬
讓影子更清晰
有人以爲

所有明確的事物
都是火炬的錯

有人靠近
近得失去距離
火從陰暗處起
所有傷害
都從柔軟的地方開始

4

有些人快樂地談論麻木
他們說故事
彷彿自己是主角一般肯定
太親密的淪爲暴力
疏遠的成爲願望

我們都是獨立的個體
卻總將彼此視爲整體

5

我相信恐懼
是最可怕的事物
是最能傷害我們的
是谷底的霧
我沒有看過他
但他一定很大吧
他一定面目猙獰吧
他一定是我的剋星吧
他一定會使萬物失衡吧
他一定會使天象紊亂吧
我沒有看過他

他最好不要出來
造成我們的恐慌

6

別告訴我你後悔什麼
告訴我你不後悔什麼
我們將霧裝起
醒來的時候
再把霧放出來
聞想像的空氣
過想像的人生

7

他們將你養大

爲的是殺你
我們將豬養肥
爲的是吃他
一切都是概念
我們也是
連幻想都能當成商品販售
連記憶都可以當成財產剝奪

8

給你空間
讓你發育
給你時間
讓你成長
給你夢想
讓你膨脹

給你現實
剝皮去骨

9

有些人看到事實
以爲看見海市蜃樓
有些人看見海市蜃樓
以爲那是現實

有些人給你夢想
換你的現實
有些人給你現實
摧毀你的夢想

二〇一八年十二月二十七日

不顧北京反對

不顧北京反對
我買了隻烤鴨
片成薄薄的
彷彿能讓光透過一般
我們是這樣面對
自己的生命的
放上蔬菜
填進一些
不屬於自己的事物
捲起來一口吃掉
像是巨獸

吃掉那些弱者一般
我們是弱者嗎
我們會吃掉
更弱的那些存在嗎

不顧北京反對
我租了間套房
房間很小
沒有窗戶
沒有光
我們是在黑暗中面對
自己的生命的
蜷縮起身子
假裝自己不是自己
試著笑

試著做不想做的事
試著更像蟲
試著變態
卻更像個變態

不顧北京反對
我開始做起直銷
我是讚美大師
讓大家和我一起做夢
我什麼都能賣
我賣你空氣
我要你和我說謝謝
謝謝我賣你乾淨的空氣
我要這天落下黃金
先給你謊言

再試著讓謊言成眞
我要你和我說謝謝
謝謝我告訴你
不會發生的未來
我像神一般——
讓肉成爲錢財
血成爲石油
我要你和我說謝謝
謝謝我不顧北京反對
給你這麼美麗的夢
我謝謝我自己
不顧北京有沒有反對
其他人有沒有反對

二〇一九年二月二十日

許願

0

你有什麼願望嗎
像是活得更好一點

1

看過的人那麼多
他們都一樣
要求你一樣的事
對你說一樣的話
一樣可恥

要你對他們一樣可恥

2

你開始相信那些
你本來不相信的

你開始恨
你原本不恨的

你開始說自己不懂的事
越不懂的說越多

你開始懷疑
卻要自己相信

3

你在自己的房間裡
給自己許多夢想
你列了備忘錄
像是那些都是預定的未來
但未來眞的未來

4

你有看到光嗎
順著光走
你看到了什麼
看到過去的自己
默默許下願望
希望還能坦率愛人
毫無保留的相信他人

你還看到了什麼
看到現在的自己了嗎

5

那些過得好的人
都做了好事嗎
有些人眞做了些好事
有些人則只是好事

我們做了什麼壞事嗎
我們懂什麼是壞事嗎
以爲自己做的都是好事
以爲自己
該得到更幸福的結局

6

橋下的人都在刨土
不要管橋下的人
他們在挖石油
相信自己的夢
不會虧待自己

7

有些人天生適合說謊
要你買他的股票
最後都是廢紙
要你買他的房子
最後都成廢墟
要你買他的夢想
最後全是泡影

他要你擁他爲王
最後——

8

把希望裝進盒子裡
不要打開它
就永遠不會失望

二〇一九年三月四日

趁隙

他們用你的自由
爲你打造籠子

在回收場扔垃圾的人
要你把垃圾分類好

把垃圾給你的人
說自己施恩於你

他們做的是丟掉不要的東西
說的卻是把愛傳出去

想殺你的人在跳舞
你卻關心他穿得暖不暖

那些人握著刀抵著你
你卻擔心他的權益是否受損

有些人就快餓死了
還擔心想殺他的人
有沒有吃飽再來

二〇一九年四月十七日

雨日

——記五月十七。

雨下得很大
卻彷彿沒有聲音
我們對坐
聽著別人的對白
模擬每一句話
可能的結果

有人擅長說謊
擅長製造恐懼

有些人架起圍籬
纏滿荊棘
他們說語言是魔鬼
有人說了同意
卻選擇拒絕

有些人選擇禁忌
將痛苦鎖上
彷彿痛苦不存在
將悲傷掃進櫥內
彷彿沒有悲傷
將自己關進封閉的房間
以爲這樣
就能騙過自己

你們見過其他人嗎
你見到我了
我們之間有分別嗎
我是指——
你是人嗎
或者我是人嗎
語言是海市蜃樓
有時更像屠夫的刀
輕輕地片下心口的肉

神的教誨
是神親口說的嗎
是神告訴你們
生命是多數決的嗎
是神告訴你們

結婚只能是一男一女的嗎
神的語言在你們口中
比白海豚還會轉彎

有些語言陰魂不散
說要尊重多數
說是神的意願
神是多數嗎
神是少數嗎
神是化身千萬的
那我們也有可能是神嗎
有些人有愛的可能
有些人卻沒有愛的權利
有些人說他們也有朋友

因爲愛而結合
但不必給他們氧氣
他們會自找出路
他們說這是傳統——
有些人說傳統就是
平等地傷害每一個人
卻不包括自己

天色漆黑
雨下得越來越大
但也有停的時候
雨要停了
你們看見其他人了嗎
我們和你們
有不一樣的身體嗎

每一個人都在等待雨停
也在等待黎明
在暴雨之後會逐漸天青
最陰暗的時刻過後
會逐漸天明

二〇一九年五月十七日

守恆

我看著黑暗的地方
告訴自己
別移開視線
別恐懼自己的歸處
別害怕自己
帶來的陰影
我有些好奇
他人的痛苦能帶來快樂嗎
我們痛苦的時候
也有快樂在其中嗎

我們使他人痛苦時
自己也能快樂嗎

像在製作沙漏一般
每經歷一次
就讓一粒沙落進谷底
一切都並非偶然
有時候——
我們在向必然挑戰
挑戰成爲偶然
知道自己
擁有的都是僥倖
卻又隱隱得意
偏說自己的幸運
全都是努力的結果

我試圖更自然地
讓自己更堅硬
別幻想自己在刀尖上跳舞
別期待他人
拿著玩具抵著自己
別讓自己
成爲令人可憐的人
別讓他人
將自己當作玩偶
別要命運
給自己過多的僥倖
別要陰影避開自己
溫柔地扼住自己的脖頸

我看見太陽在夜裡燃燒
那些繁瑣的事物
都被妥善的安排
那些被刻意遺忘的事物
都有人撿了起來
我們的文明
沒有解決任何問題
有些人握有的快樂多了
有些人的痛苦
就會跟著變多
有些人的痛苦變多
有些人的快樂
就會變少
我看著黑暗的地方
告訴自己別移開視線

不要害怕
不要逃開自己的來處

二〇一九年五月二十三日

讓我安靜地睡著

讓我安靜地睡著
讓我忘記
雨水會澆熄火焰
忘記危險
會提醒死亡離自己多近
忘記痛苦
忘記海會淹沒自己
忘記自己
原本是陰影中的獸類

一切都尚未結束

我用指節敲擊土壤
有什麼事物
是被記憶留下來的
像一株立在荒原的枯樹
我是在野外沒有方向
飢餓且虛弱的獸
手掌貼服大地
告訴自己：一切——
一切都尚未開始

我勢必比過去
更懂得如何面對未知的瘖啞
萬物都擁有相似的臉孔
我為歷史哭泣
為傷口縫合

我學習擦拭
他人在我身上留下的污漬
我勢必比過去
懂得更多，比起原本的我
比起荒野中冰冷的同類
更懂得如何遠離自己

我也曾想過成爲另一個人
充滿感謝，心懷陽光
像自己沐浴在恩典中
像從未擁抱過病菌
未曾直面暴力與使人瘋狂的恐懼
我也曾想過
有偉大的意志使我不得不臣服
能夠向他人說出

我不得不——
我不得不如何呢
不得不在錯誤的歷史裡
學習使用錯誤的身體
用錯誤的語言，說錯誤的謊
不得不了解懂和不懂
是同一件事

所以我有時也這麼想
神啊——如果有神
你應該懂我想說些什麼
應該比我更了解我
你應該理解
沒有什麼事比成爲一片
平靜的海更爲重要

誠實是曖昧的謊
語言則是謊言的變體
我會記得遺忘
我會忘記自己
我會忘記這一片海
安靜地撿起睡眠
撿起那些
進入冬天時
落下的每一片葉
我會安靜地睡，安靜地醒
會更懂得愛自己
即使懂和不懂
最後是同樣的結局

二〇一九年五月二十七日

人偶

你們是神話中的人
是土生的
是女媧摶土
一個一個捏造出來的嗎
你們是最心急的人
在窯裡被架著、被烤著
以爲自己是陶坯
最後卻是一片碎土
我們誤解了時光
像世間對我們有誤解一樣
年輕的男孩與女孩

那些土生的青壯，與我們這些
胎生的受精卵
擁有的是同樣的時間

你們是樂園中的遊客
傳統是你們手中
最下流的玩具
你們既要千年傳統
也要全新感受
有些人說：「穿裙子的
不適合玩某些玩具。」
你們破壞了歷史
也毀掉了未來
有些人證明有些話
是爲了等待被推翻而存在

有時我也想問
你怎麼可以，把某些人
當成豬來養——
我是指，什麼都不做
就想發大財
你們想過身邊的友人嗎
他們只想發大財
你們有想過
那些足不出戶的人嗎
他們也想發大財嗎
那些不在家的人們
他們也都想發財
他們去哪裡了
去挖石油了嗎

他們用休閒的時間
做發財的夢
他們自以爲是 Marvel
我們看他們全是媽佛

我們不要挑釁人家啦
我們不要像那些人一樣
我們要把某些玩具
送到沒有玩具的地方
不然那些地方
會讓我們也沒有玩具
有些人玩著玩具
最後就成爲玩具
我們不要再玩玩具了
我們什麼都別說

我們別挑釁對方
我們別讓對方找到藉口
破壞我們像破壞一個玩具
我們靜靜地當個玩具
等對方過來玩我們

我靜靜地結網
坐擁最安全的巢穴
我在最高處
看著最深的谷底
——還有辦法嗎
我在離神最近的地方
看人不斷地墜入
生命中的深淵裡
媽祖告訴我

除了保生大帝之外
沒有人是他的對手
我靜靜地結網
等對手落進我的網裡
從神明的角度來看
我們都是一樣的
人與玩具，還是做人更好一些
只是有時
玩玩具的人多了
人也會變成玩具

二〇一九年六月五日

我們沒有武器

我們沒有武器，站在廣場
握著拳頭，像孩子
高舉自己的手
試圖要回自己的語言
我們不知道，像你們這樣的人
有多害怕點起來的燈火
像你們這樣的人，逐一清點
所有被鎖上的櫥櫃
仔細盤點字句，檢視他們
是否被排拒在生命的底層

你們把自由從字典裡拔掉
自由就不存在了嗎
牆上寫滿民主，你看著那一片片
斑駁的牆面，曾呼喊過的口號
都還停在上面，沒有離去
然而我們就真的擁有了嗎
你們把燈火熄滅
我們就看不到了嗎
我們在這邊坐下，你們就失去了什麼嗎
我們在這裡看著你們
你們就眞的這麼害怕嗎

你們架滿武器在我們之間
你們就這麼害怕，必須使用武器
面對人群，你們就

這麼擅長使用暴力來回應世界嗎
你們在書裡在環境
在教育中放上了枷鎖
你們就這麼害怕
我們擁有自己的思想嗎
你們就這麼堅決
認爲自己是引導他人的先知
卻帶走一批一批的人
折斷他們的歌聲，抹滅他們的問句
你們就這麼害怕嗎

我們一直都沒有武器
面對你們。巨大的暴力。
你們知道暴力能使人噤聲
能令人沉默，像喧囂的火焰被熄滅

像你的靈魂原本能歌唱
卻再也唱不出歌一樣
你們在害怕什麼，害怕的是我們
我們沒有武器，沒有要傷害你們
卻一直被你們傷害
我們一直赤手空拳
卻被帶上鐐銬

二〇一九年六月十三日

習得

「你聽說了嗎」
「我聽說了」
「他們知道了」
「我也知道了」
「你不知道」
「在太陽底下……」
「把他們的眼淚曬乾」
「他們向命運抗衡」
「都不該在那裡的」
「有些人堅持自己的家在那」
「我知道，我也——」

「他們說自己的血
是從那的土壤中流出來的」
「我是從母親的子宮中出生的」
「這麼說起來……」
「有些故事充滿虛詞」
「我們的誠實也充滿謊言啊」
「我了解，但——」
「這是不應該的」
「有誰因此受害了嗎」
「應該這麼問，誰會因此得利」
「都在牆內」
「我知道，哪裡沒有牆」
「他們的自由是被限制」
「但他們以爲自己的自由
是限制他人」

「他們在崩壞禮樂」
「這是大世」
「他們在爲自己戴上鐐銬」
「這是自由」
「他們能選擇自己
要不要走出牆外」
「這是幻覺」
「所有的禮樂崩壞」
「他們以爲自己無可取代」
「沒有誰不能被取代」
「他們快樂」
「他們快樂嗎」
「他們自由」
「禽畜也自由」
「人的恐懼被檢視」

「我也恐懼」
「你有聽到遠方的槍聲嗎」
「我沒聽到」
「你聽說了嗎」
「我不知道」
「你知道了嗎」
「我不知道」
「在太陽底下……」
「我不知道」
「你是誰」
「我不知道」
「我想你知道了」
「我知道了分寸」
「你習得了恐懼」
「我不敢說習得，只能說

我懂得用心了」

「再見」

「再見，如果我們還能再見」

二〇一九年八月十六日

別物

1

他把故事鎖進抽屜裡
把燈關上
那些記憶微微發亮
你以為那就是人生了

2

有人在你身上署名
你以為自己
就有回去的地方了

你沒有給自己準備歸處
他也沒有

3

你握緊槍
卻成爲獵物

4

最靠近光的地方
有最深的陰影

快樂是我的
痛苦也是我的
沒有人能剪下自己的影子

5

我知道有多冷
但別人也冷

獵槍躺在那裏
槍口並未對著誰
是人拿起槍
對著誰射出子彈

二〇一九年九月十五日

你在生日這天
對著別人的孩子開槍

我們曾以爲是隱喻的
最後都成爲寫實

人被背叛過後
才眞的長大

但有些人長大的瞬間
就是死去的瞬間

另一代人

我以爲我理解自己
傷心的原因
像是踏過長河
有人在岸上看著我
什麼也不說
沒有話語
沒有故事
只有槍砲與彈藥
發出巨大的聲響
穿過我們
脆弱的靈魂

他們是這麼盤算的
讓痛苦更頻繁地造訪
試圖讓人屈服
承認暴力是可行的
有時我們會提出隱喻
譬如：他在生日那天開槍
殺死別人的孩子
後來你學會撒謊
將謀殺變成擦槍走火
這應該只是則隱喻
不該成爲歷史
但它已是歷史

人們不該流淚嗎

人們不該爲了
語言的侷限而傷心嗎
人們不該爲了
故事的消失、結束，虛構
甚至是變造而痛苦嗎
人們不該爲了
沒有其他結局的故事
而感到恐懼嗎
黑夜給了人們黑色的眼睛＊
不是爲了讓人用來尋找
閃光彈、催淚彈
以及布袋彈的

我像站在岸上
又像站在河中，鞋都濕透

這條河好漫長
河上的人
彷彿都剛從夢中歸來
原本隱晦的陷阱
都逐漸清楚
岸上沒有風
火卻逐漸燎原
當暴力成爲一種顯學
榮光都歸給彈藥
錯誤都推給別人
你們舉著槍
問人爲什麼
不坐下和你們和談

二〇一九年十月二日

＊黑夜給了人們黑色的眼睛原句為「黑夜給了我黑色的眼睛」來自顧城《一代人》。

引火

訊息逐漸被風隱去
歷史不斷被折疊
成爲故事

風帶走了許多事物
落葉，種子
及仍燃燒著的灰燼

有翅的族類正無限逼近
使我們不得不
不得不正視他們的死亡

我遵循醫囑
到河邊看著焚燒的痕跡
影子仍留在現場

將斷面接枝，變種
澆上水，使生命延續
但果樹也懂得火的藝術

「火很危險
你可以學習更安全的死亡」
他給我不會死的毒藥

有些人安靜地枯萎
碎裂如枯葉，飄散如死灰

有些人安靜地恨
有些人讓他們恨
點了火，燒掉一片原野
最後說自己認錯土壤

二〇一九年十月二十五日

封面插畫：吳睿哲
裝幀設計：張家榕

宋尚緯

一九八九年生，東華大學華文文學所創作組碩士，創世紀詩社同仁，著有詩集《輪迴手札》、《共生》、《鎮痛》、《比海還深的地方》、《好人》與《無蜜的蜂群》。

無蜜的蜂群

二〇二〇年一月三日　初版第一刷

作　　者　宋尚緯
編　　輯　林聖修
發 行 人　林聖修
出　　版　啟明出版事業股份有限公司
郵遞區號　一〇六八一
台北市大安區敦化南路二段五十九號五樓
電話　〇二二七〇八八三五一
總 經 銷　紅螞蟻圖書有限公司
法律顧問　北辰著作權事務所

定價標示於書衣封底。

版權所有，不得轉載、複製、翻印，違者必究。
如有缺頁破損、裝訂錯誤，請寄回啟明出版更換。

ISBN 978-986-97592-7-4

國家圖書館出版品預行編目 (CIP) 資料

無蜜的蜂群 / 宋尚緯作。
——初版—— 臺北市：啟明，2020.01。
232 面；12.8 x 18.8 公分。

ISBN 978-986-97592-7-4（精裝）

863.51　　108021820